漢朝的汗血寶馬跑得真快！
唐朝的駱駝可以逛大街。
宋朝的獨輪車真好玩！
元朝騎兵愛射箭，嚇死人，快閃！

明朝的遠洋船隊好威風！
清朝的末代皇帝會騎自行車耶！
21世紀的飛機真神奇。
COFFEE OR TEA?
喂喂，你們還在這裡聊天？故事要開始了，再不上場就要遲到啦！
好好，苞苞俠，有機會帶你去。
小氣鬼！馴字師穿越時空都不帶我去。
不過，還是自己家最舒服。
作家林世仁

國家圖書館出版品預行編目資料

駲字師捉妖去/林世仁作；吳雅怡繪. -- 第一版. -- 臺北市：親子天下股份有限公司, 2021.06
面；　公分. -- (字的傳奇系列；1)
注音版
ISBN 978-957-503-972-1(平裝)
863.596　　110003717

字的傳奇 01
馴字師捉妖去

作者｜林世仁
繪者｜ Asta Wu（本名：吳雅怡）

責任編輯｜陳毓書
特約編輯｜廖之瑋
封面設計｜黃育蘋
內頁排版｜林晴子

天下雜誌群創辦人｜殷允芃
董事長兼執行長｜何琦瑜
媒體暨產品事業群
總經理｜游玉雪
副總經理｜林彥傑
總編輯｜林欣靜
行銷總監｜林育菁
副總監｜蔡忠琦
版權主任｜何晨瑋、黃微真

出版者｜親子天下股份有限公司
地址｜台北市 104 建國北路一段 96 號 4 樓
電話｜（02）2509-2800　傳真｜（02）2509-2462
網址｜ www.parenting.com.tw
讀者服務專線｜（02）2662-0332　週一～週五：09:00~17:30
讀者服務傳真｜（02）2662-6048　客服信箱｜ parenting@cw.com.tw
法律顧問｜台英國際商務法律事務所・羅明通律師
製版印刷｜中原造像股份有限公司
總經銷｜大和圖書有限公司　電話：（02）8990-2588

出版日期｜ 2021 年 6 月第一版第一次印行
2024 年 8 月第一版第十二次印行
定價｜ 280 元
書號｜ BKKCA009P
ISBN ｜ 978-957-503-972-1（平裝）

字的傳奇 1

馴字師捉妖去

文 林世仁 圖 Asta Wu

親子天下 Education · Parenting Family Lifestyle

目錄

1 樹上的大嘴巴 04

2 男子的大巨手 20

3 八腳怪 42

4 奇怪的大眼睛和大耳朵 64

5 南天門外的謎底 78

6 茶香 88

馴字齋人物寶典／馴字師破案筆記 94

苞苞俠不懂筆記 96

1 樹上的大嘴巴

我在喝茶。

一陣風過，苞苞俠站在我面前，眼睛盯著我的嘴巴。

「好嘴巴！」他說：「懂得喝茶。」

「當然，」我吸一口氣，「喝風也行！」

「喝風？好本事。」苞苞俠抓抓下巴，「不知道你的嘴巴厲害？還是樹上的大嘴巴厲害？」

「什麼意思？」

苞苞俠沒回答，反而唱起歌來：

「春風是個大嘴巴，一吹，就把百花吹開。

浪花是個大嘴巴，一吹，就把海岸噴得滿臉溼。

樹上的大嘴巴啊！一吹，就把人吹成小呆瓜！」

我瞪他一眼。「嘿，還是你的嘴巴厲害。」

「是嗎？」他有些得意，想討我繼續讚美。「怎麼說？」

「我只會吹風，」我吹了一聲口哨。「不像你，會吹牛。」

「我是說真的！」芭芭俠跳起腳來，「神樹你知道吧？」

當然，神樹是城東邊最古老的樹，從不開花，卻比老頭子有精神。所有經過的人都會忍不住仰頭讚歎一聲：「瞧，我們的神樹多有精神！我們的城多幸運！」

「現在沒人那麼說了，」芭芭俠搖搖頭，「大家都不敢走過神樹下。」

「哦，為什麼？」我的興致來了。

「七天前，我趕路累了，坐在神樹下休息。才剛閉上眼睛，就聽到一個聲音由樹上飄下來：

「呆呆天，呆呆雲，哪個呆呆坐樹下？呆呆頭，呆呆腳，呆呆樹下又多一個呆呆人！」

我瞧瞧他，「我看你沒變呆啊！」

「當然，我怎麼可能變呆？」苞苞俠嘟起嘴巴，「可是其他人都變呆了！」

苞苞俠抖開身上的披風，一揚，把影像投在半空中。

我看到所有經過樹下的，不管是人還是動物，各個都變成小呆瓜。

人，嘻嘻笑；狗，嗚嗚叫；
鳥，單腳吱吱跳，全都忘了飛……

「妖怪嘴巴。」我又喝了口茶，「你要我去除妖？」

「當然。」

「嗯，你七天前碰到樹上的大嘴巴，今天才來找我。」我屈指一算，「看來，你是呆了整整六天才清醒過來。這妖怪嘴巴果然厲害！」

苞苞俠紅了臉。「你去還是不去？」

「當然去。」我給苞苞俠也倒了一杯茶，「茶好喝，別浪費了。」

茶香剛散，我們已經來到神樹下。苞苞俠給自己塞了一對大耳塞，「這樣比較保險！」

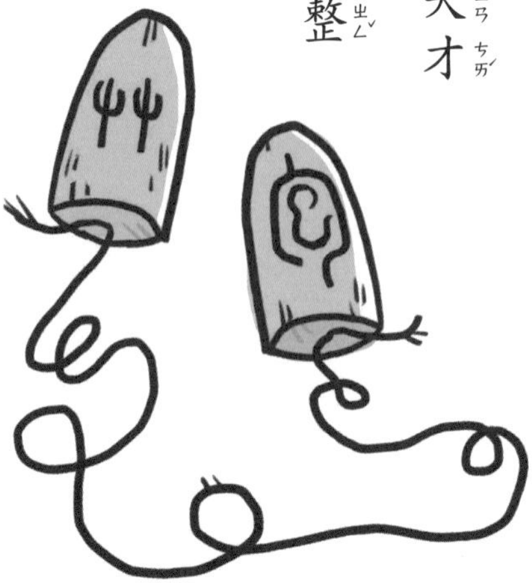

果然，那歌聲又飄下來。

「呆呆天，呆呆雲，呆呆樹下來了哪兩個大呆呆？」

我笑一笑，張嘴唱了回去：

「呆呆樹，呆呆嘴，哪個字妖太不乖，在這裡興妖作怪？」

那個大嘴巴一現形，苞苞俠翻掌就射出一張網子，想把牠網住。

沒有用。大嘴巴只是笑！

「呆呆俠，呆呆網，想抓我大嘴巴？門都沒有！」

我仔細瞧牠。

上嘴唇是彩色的，下嘴唇是紫黑色的。

「陰陽不調，你怨氣很重喲！」我說。

「你是誰？輪到你來說嘴？」大嘴巴很生氣。

「無名無姓，馴字師就是在下鄙人我。」我拱拱手，一彎腰。「動手？動

口？悉聽尊便。」

「馴字師？哼，想收服我？想都別想！」大嘴巴一吸氣，吐出一口長長冷風。「看我凍呆你們！」

芭芭俠披風一轉，把自己裹成蛹，身體抖抖抖還直跳腳。「冷冷冷！冷啊冷……」

我輕輕鬆鬆跳上樹，看著大嘴巴。「你就這一點本事？」

「呆瓜！看我吃了你——」大嘴巴一張嘴，想把我吞下。

「吞不到！吞不到！」我在樹枝間蹦來跳去。

「別跑！別想逃——」大嘴巴追著我吼。

「老在樹上多無趣？」我跳下樹，往樹底下一鑽。

大嘴巴立刻跟著跳下樹，往樹底下一鑽。

「好！就這樣——」

我抓緊樹根，唸起字靈咒：

「天地乾坤，字靈現身——定！」

大嘴巴瞬間被我封印在樹根底下。

神樹一陣哆嗦，枝條轉綠，緩緩開出花。

「啊，好美的花！」芭芭俠脫下耳塞，猛聞花香。「原來神樹是杏花樹啊！」

「以前不是。」我搖搖頭，又點點頭。「不過，現在開始是了。」

「不懂，什麼意思？」芭芭俠滿臉都是問號。「究竟是哪一個字妖在作怪？」

我張開嘴巴，指了指。「懂了嗎？」

「不懂。」芭芭俠搖搖頭。

「字妖是——口！」我笑起來，「口跳上樹是什麼字？」

「不知道。」

「呆！」

「你罵我？」苞苞俠好生氣。

「不是罵你，是告訴你答案。」

「呆？口在木上，對喔！」苞苞俠一拍腦袋瓜，恍然大悟。「你把口字妖騙到神樹下，木在上、口在下，變成杏！」

「不笨嘛！」我誇他。「讓人變呆，不如送人芬芳！希望大嘴巴喜歡牠的新位置。」我雙手合十朝杏花樹一鞠躬。杏花樹微微搖動，好像很喜歡現在的模樣。

我回到馴字齋。嗯，茶還沒涼，還來得及再喝上一杯！

2 男子的大巨手

芭芭俠跳到我面前，「你在幹麼？」

「練習打電話啊！」我說：「想穿越時空，神人也得跟上新時代！」

「打給誰？」

「倉頡爺爺。」

芭芭俠立正站好，立刻朝手機一鞠躬。「倉頡爺爺好！」

「倉頡爺爺在忙，沒接電話。」

「嘿——」芭芭俠瞪我一眼，覺得上當了。

然後他晃晃腦袋瓜，開始唱起歌：

「打電話，嘟嘟嘟！沒人接，打不通。

打大樹，咚咚咚！巨木變成小蚱蜢。

打岩石，碰碰碰！巨石變成小蝦餅。

是誰力氣大，打得整座山，快變矮冬瓜？」

「這是什麼謎？」我收好手機，「哪裡又出現了字妖？」

「想知道？」這下換芭芭俠得意了，「跟我來，就知道！」

乘著涼風的翅膀，我們來到南山上。

眼前出現一個「打地鼠」的畫面；一個憤怒的大拳頭，「碰！碰！碰！」將樹木一棵一棵打進地底，幾塊大岩石也被打成小石頭。整座山好像慢慢變矮……

「停停停！」芭芭俠飛到大拳頭面前。「別再打了，有種跟我單挑！」

大拳頭停下來，轉向芭芭俠。「你是什麼小東西，敢找我單挑？」

「哇，你會說話？」芭芭俠故意氣他，「還是男生的聲音？很有男子氣概嘛！」

「廢話！」大左手生氣的比出一個手勢。

「想跟我比腕力？」芭芭俠立刻伸出右手，「咦，你是左手？那我也換左手。來來來，誰怕誰！」

「吆喝！」——一聲巨響——「碰！」

「唉唷！疼疼疼！」苞苞俠右手扶著左手，哎哎叫。「不公平！不公平！你這隻大怪手，大欺小！不要臉！」

「打神您好！」我上前抱拳施禮。

「咦，你怎麼知道我是打神？」大左手嚇一跳。

「不難猜，男子叫男丁，手加上丁就是打。」

「哈哈，不錯不錯，你比那個小東西有學問。不知道你的腕力強不強？」大手邊說邊朝苞苞俠比了個小指，氣得苞苞俠猛吐舌頭。

「比腕力多無趣，」我搖搖手，「我們來比別的。」

「那要比什麼？」

大左手愣了一下。

「比三關，」我說：「你是打神，我們就來比三個打字開頭的比賽。」

「聽不懂，你直接出題就好！」大左手不太耐煩。

「好，首先我們來比——誰打電動打得快？」

我雙手一揚，兩臺電玩立刻出現眼前。

「開始！」為了表示公平，我只用左手打電動。

「這還不簡單？」大左手一握拳，就把電玩打得稀爛。

「什麼！有這樣打電玩的嗎？」苞苞俠眼睛瞪得好大。

「嗯，我好像沒說清楚……」我抓了抓頭，「算了，你的確是『打』了電玩。好，算你贏。」

大左手五根指頭抖起來，得意的在跳舞。

「別太驕傲！還有兩關。」我說。

「隨你比什麼。」大左手說：「只要跟打有關，我一定贏！」

「真的？」我眨眨眼睛，「那我們來比賽——打噴嚏。」

「哦耶！」苞苞俠大笑拍拍手，瞪著大左手，「看你怎麼打噴嚏？」大左手倒是很乾脆，直接呸一聲，認輸。

「耶，我們贏了！」苞苞俠跳起來。

「呸呸，只是一比一。」大左手說：「最後一關比什麼？」

「你算術不錯嘛！那我們來比賽——打分數。」我手一揚，眼前出現兩堆考卷。「這是倉頡小學的期中考卷。來，看我們誰打分數打得快？」

大左手接過考卷，立刻開始刷刷刷刷改起考卷。我才改幾張，牠已經打完分數。

「這麼快？」苞苞俠嚇傻了，他接過考卷一看，大叫起來：「全部零分？哪有這樣打分數的？」

大左手得意的比了個V。

「好，願賭服輸。」我聳聳肩膀，「三戰兩勝，您贏了。」

「哦耶耶！贏了！贏了！」大左手得意的大叫：「我不是別人的手下敗將！不是敗將！」

趁著牠開心，我拱拱手問：「不知道打神因何事生氣，在南山上胡亂揮拳？」

「哼，我想揍一個人！」

「誰？」

「倉頡！」

「什麼？你想揍倉頡爺爺？」苞苞俠跳起來，「那怎麼行？看我先揍扁你！」

「等等。」我慌忙攔住苞苞俠，免得他被打扁。「打神，敢問您為什麼想揍倉頡？」

「他不公平！」打神生氣的說：「商朝那麼多字，有我打字嗎？沒有！周朝那麼多字，有我打字嗎？沒有！直到秦朝，我才出現！這麼晚，倉頡那造字老頭不是擺明了欺負我？」

原來如此。

山坡上的菊花散發出淡淡幽香，給了我一個靈感。「您誤會了！百花都很美，但是春夏秋冬也有先後開放的順序。字美如花，也一樣有先來後到，還有比您更晚出現的字呢！」

「真的？」

「當然，」我掏出倉頡筆，半空中寫出幾個字，「氧、氫、鈦、鋁……都是二十世紀才出現的字。您還算牠們的老祖宗呢！」

「真的？」打神好像不生氣了。

半空中的字，全圍著打神一個一個鞠躬。

「老前輩好！」

「老前輩好……」

「哈，我是老前輩！」打神不生氣了，還有些得意。

「不知打神您打哪兒來？打算打哪兒去？」我問。

「我打一股氣來，現在氣散了，我也不知道要打哪兒去？」

「來，用您的手把我包起來，」我說：「我也用我的手把您包起來。」

打神一伸手，包住我，聲音一下子變得好柔和。「這……這是抱抱？」

「對！手加包是抱。手不一定要變成打人的拳頭，也可以變成抱人的抱抱。」

「哈，那您不就變成抱神了？」苞苞俠說。

「抱神？」打神愣了一下，慢慢說：「嗯，抱神好像也不錯。」

!?
打
丁
包
抱

「不打不相識，下次見面，請您別再打我了！」苞苞俠說。

「不，我不會打你。」打神——不，抱神說：「我會抱抱你！」

說著就把苞苞俠抱起來，嚇得他哇哇大叫。

「恭喜！恭喜！打神走，抱神來！」我拱拱手，祝賀牠。

「後會有期——我走啦！」大左手大喝一聲，消失了。

那聲音，是開心的大喊呢！

3 八腳怪

我在跳繩。

一陣西風吹來，苞苞俠跳下風，走到我身旁。他一邊幫我數數，一邊唸起兒歌：

「八腳怪，甩東西！甩到東，甩到西。甩得東西滿地趴，你說奇不奇？氣不氣？」

我吧嚓一聲踩到繩子，停了下來。

「好啦，別生氣。看你鼻子上都是灰塵，你被八腳怪甩趴了？鼻子撞到地？疼不疼？」

苞苞俠揉揉鼻子，沒好氣的說：「我是自己摔倒的，不是被八腳怪甩趴的。」

「好好，沒關係。牠在哪？帶我去。」

苞苞俠拍拍西風，我們一起跨坐上去。

苞苞俠唱起歌：

「心兒動，風兒快，去找八腳怪。

手一甩，腳一擺，遠方快到眼前來！」

咻咻兩聲——咻！咻！

原來是城西大街。

眼前一片混亂，家家門窗緊閉。招牌東倒西歪，攤子倒趴，長椅倒趴，馬車倒趴，連石獅子也倒趴在地上……戶外所有東西都翻趴在地，沾滿土灰。

沒東西可以打趴了，八腳怪還像一個暴跳怪，八隻腳東南西北四處伸，像要把屋子也打趴，把整條街都打趴。「叭！叭！叭！」塵土滿天飛揚。

苞苞俠躲在牆後，不敢往前。我大步上前，「嘿，八腳怪！」

八隻腳一下子全轉向我，咻的八聲響，叭叭叭叭叭叭叭叭！

「不好意思，沒打到耶！」我在半空中翻來飛去，笑著說。

八腳怪更生氣，八根「鞭子腳」揮得更猛、更狠。

我輕輕巧巧一一閃過。「你才八隻腳，想打到我？有一些難喲！」

八腳怪滿臉通紅，恨不得連抽我八個巴掌。

可惜，一下也打不到。

「八隻腳太少，要不要我幫你變成千腳怪？」我一邊閃一邊問。

「你嘲笑我？」八腳怪氣得都快噴煙了。

「不，我是真心想幫你。」我從懷裡掏出倉頡筆，「來，我幫你補上。」說著，我朝八腳怪畫了幾筆。

「瞧，你現在是千腳怪！來來，再試試，看能不能打到我？」

「你瘋了？」苞苞俠嚇壞了，跳出來，拉著我就想逃。

「別怕，沒事。」我剛說完，數不清的腳立刻撲面而來。苞苞俠嚇得又躲回牆後。

千腳齊發，場面還真是壯觀。

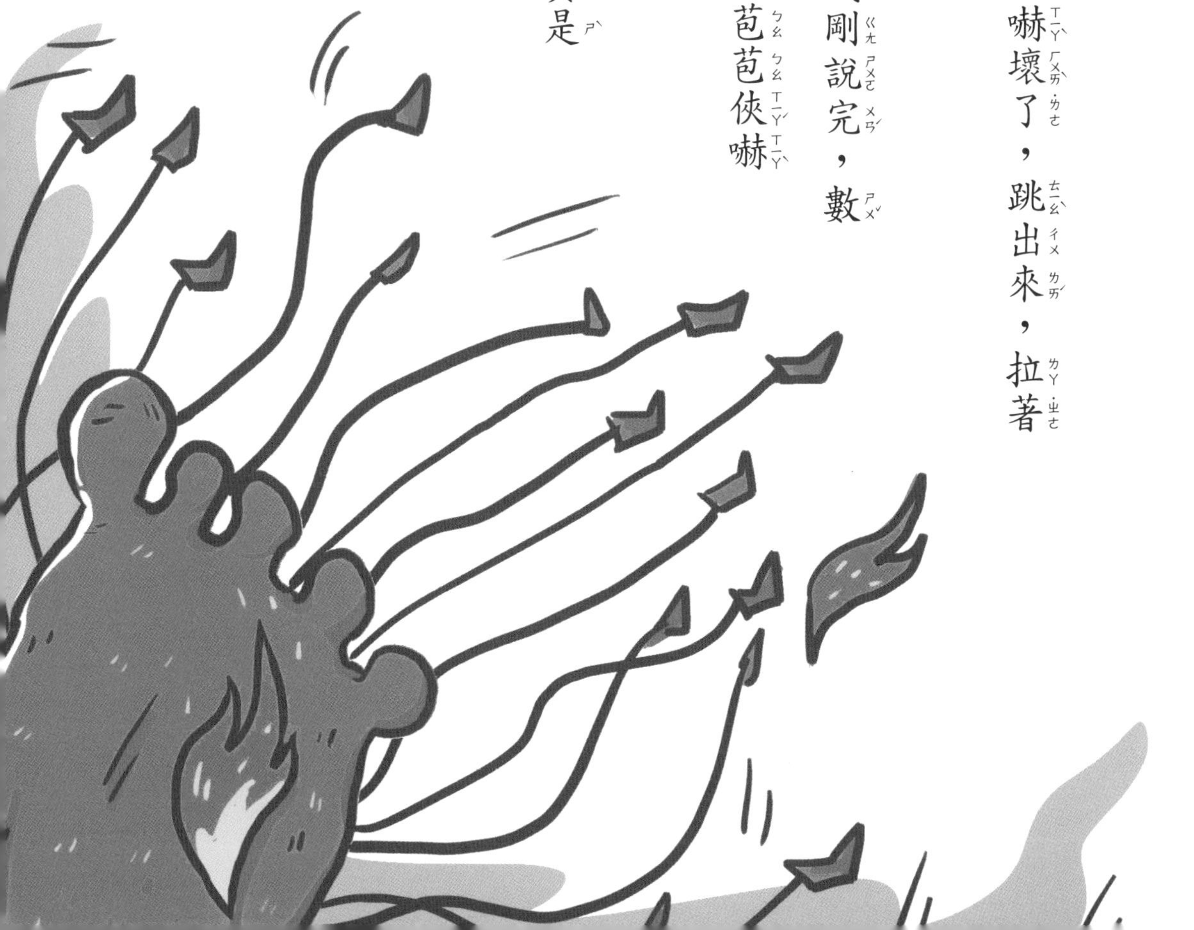

「嘿，還是打不到耶。」我搖搖頭。

「哼，你有膽，就再把我變成萬腳怪！」千腳怪說。

「那有何難？」我提起倉頡筆，再幫牠補上幾筆。

千腳怪一下脹大成萬腳怪。牠訝異的看看

自己，得意的飛撲過來。

「喂，想偷襲啊？」我輕鬆閃開，「看來，你還要再升級才行！」

我繼續幫牠。

萬腳怪變成億腳怪……

牠身上的腳多得看不清、數不清，「腳雨」打來好像西北雨。

刷刷刷——閃閃閃！

我閃得有些吃力，好幾次差點被打中。

牠看出來了！「哈哈，快幫我變成兆腳怪！你敢不敢？敢不敢？」

「當然敢。」我說：「不過，這是最後一次，你確定要變成兆腳怪？改了可不能後悔。」

「心甘情願，絕不後悔！」牠笑得好開心，好像馬上就能打趴我。

「好，如你所願。」我提起倉頡筆，往牠身上畫去。

兆腳怪現身！

我趁機大吼一聲：「天地乾坤，字靈現身——定！」

兆腳怪突然跳起來——跳跳跳！跳跳跳！

「啊啊啊——怎麼回事？怎麼會這樣？」兆腳怪邊跳邊叫。

「不好意思，現在開始你再也不能打趴人了，你只能這樣不停跳下去。」我說：「不過，你可以考慮改行去當舞者。我想，你一定能跳得很好。」

「你嘲笑我？」兆腳怪邊跳邊罵。

「不，我只是想幫你。」我說。

苞苞俠從牆後走出來。

兆腳怪跳著跳著，一些腳開始踮起來，像芭蕾舞者……

「咦，這姿勢滿好看的呀！」苞苞俠忍不住拍起手。

兆腳怪嘴巴不肯承認，所有腳卻都跟著踮起來，跳跳跳，跳跳跳……

「讚！越跳越美了。」

「哼，少笑我！」兆腳怪嘴巴說得不開心，腳卻越跳越歡喜。「你們別想我會跳舞給你們看！我走啦！」

說完一轉身，跳走了。

「哇，你是怎麼收服牠的？」芭芭俠望著兆腳怪的背影，抓抓頭髮。

「牠究竟是什麼字妖？我怎麼看不出來？」

「不是很明顯嗎？」我說：「八腳怪，猜一個字。」

「什麼字？」我一腳把他拐倒到地上。

「你欺負我！」苞苞俠趴在地上罵我。

「我是告訴你答案——你現在的樣子就是答案啊！」

「趴？」苞苞俠拍掉鼻子上的灰，慢慢站起來。「八腳怪？八放右，足放左，是趴！對喔，原來是趴字妖！」

「那麼，兆腳怪呢？」我問。

苞苞俠拍拍手，「足加兆是跳！難怪牠一直跳。」

「還越跳越好！」我望著兆腳怪漸漸遠去的身影，微笑的說：「未來，牠說不定會是很棒的舞蹈老師呢！」

4 奇怪的大眼睛和大耳朵

我在切西瓜。

一陣風吹來，飄來五個字：艹包艹包俠。

「咦，怎麼變回文字了？」我雙手一伸，把五個字撈進掌心。輕輕合起來，吹口氣，唸起字靈咒：

「天地乾坤，字靈現身——合！」

「哎呀！」一聲——苞苞俠出現眼前。

「嗚嗚……謝謝！謝謝！」苞苞俠跳上來抱著我，全身不停發抖。「謝謝你把我救回來，那個大眼睛真是太可怕了！」

「怎麼回事？」我拍拍他。

「嗚……」苞苞俠根本沒聽我問，只是猛掉眼淚，「原來我是艹包艹包俠——草包草包俠！」

「胡說。」我搖搖他。「快告訴我，發生什麼事？」

好一會兒，我才弄明白。原來，北方城門上出現一隻大眼睛，只要被牠

瞪上一眼，不管是誰都會被「分開」來。

「分開來？」

「嗯，」苞苞俠抖著聲音哼起歌：

「大眼睛，瞪瞪你，東西立刻分東西！

戴帽子的帽子飛，穿大衣的大衣飛，

騎馬的馬兒飛，搭轎子的轎子飛……

要問誰最慘，被分得眼淚嘩啦啦？

就是文字精靈我——苞苞俠！」

「這麼玄？我去瞧瞧。」我跳上風背，順手拉上苞苞俠。

「我不要去——」苞苞俠大叫。

來不及了，咻咻兩聲，我們已經來到北城門。

果然有一隻大眼睛，現場響起好多哀叫聲。

「哎呀，我的影子怎麼跑了？」

「哇——我的鞋子，回來啊！」

「嗚，我的錢包——」

我仔細瞧了瞧大眼睛，轉身就走。

苞苞俠緊緊跟上，抖著聲音問：「什麼字妖這麼厲害？連你也害怕？」

「害怕？」我敲敲他的腦袋瓜，「不是害怕，我只是好奇。」

「好奇什麼？」

「好奇城中央會不會也出現字妖？」我一招手，風立刻來到腳下。

果然，城中央也不平靜。

所有人都不敢動，連貓、狗都定在那裡。

「你們被點穴了？」苞苞俠好奇走上前。

「呼——」一道紅光閃過。

「哇！燙燙燙！」苞苞俠差點被一團火燙到。

我忙招手，喚來冷風凍住他，讓他暫時變成冰雕像。

沒想到，我才往前一步，一隻大耳朵聽到動靜，瞬間轉向我。

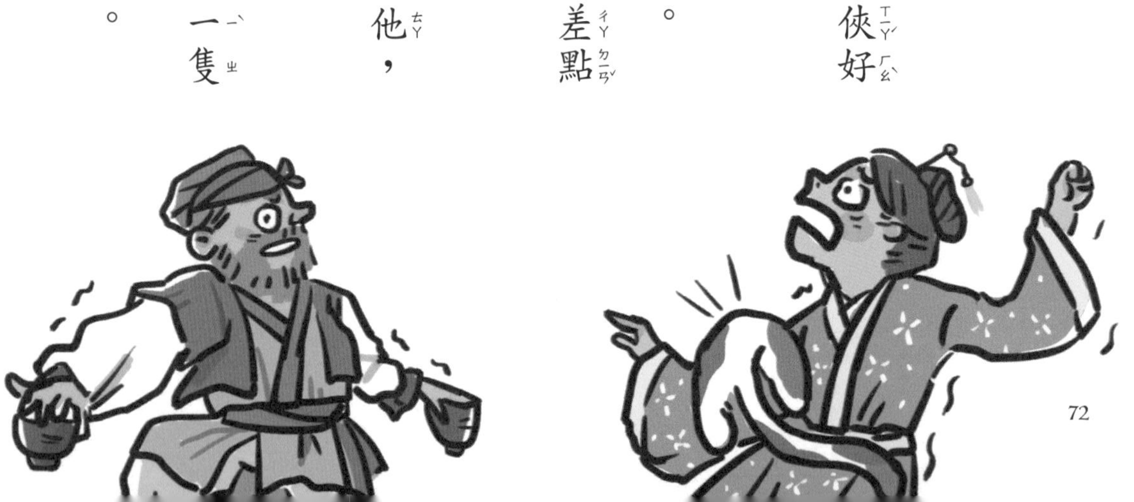

「呼——」一團烈火直撲而來。

「想送我一團火？」我不退反上，腳下一點，飛到大耳朵邊。「不好意思，我不喜歡火喲！」

我掏出耳塞，往大耳朵裡一塞——

「趁現在，大家快離開！」我大喝一聲。

原本不敢動的人啊、貓啊、狗啊，全恢復正常，四下奔逃。

「媽呀！我的手腳都僵了！」

「有什麼辦法？一動，大耳朵就會聽到。」

「一聽到就噴來一團火！媽媽咪呀！嚇死人了！」

「耳朵噴火，真是撞了邪！」

「嗚，快回家，這陣子千萬別出門……。」

等大家都散去，我招來一陣北極風，把大耳朵暫時凍住。

「走吧！」我拍拍苞苞俠，幫他解凍。

「走？走去哪裡？哈啾！」苞苞俠猛搓鼻子。

好問題！走去哪裡？我需要導航。

我拿出手機，點開谷歌地圖。

「啊，弄錯了！谷歌地圖找不到。」我拍拍頭，「好險，我有下載神話地圖APP。」

輸入名字，螢幕上銀光一閃。

「有了！在南天門外。」

芭芭俠招來北風，一下跳上去。

「不行，一般的風到不了那裡。」我把他拉下來，唸起神咒。

咻——

一朵從神話國飛來的祥雲落來腳下。

「麻煩，到南天門！」

祥雲
南天門

5 南天門外的謎底

南天門外。

一個大巨人左手握著大盾牌，右手拿著大斧頭，對著空中猛揮亂砍，好像要砍進天庭。

駐守在南天門外的兩位天神卻氣定神閒，一點也不緊張。

「嘿，又來了！」一個天神說。

「對嘛，天天來也不嫌煩。」另一個天神撇撇嘴。

大巨人更憤怒。

他狂暴的怒吼，卻發不出真正的怒吼。

他憤怒的咒罵，卻發不出真正的聲音。

他根本就沒有腦袋瓜。

「刑天！您好！」知道他看不清楚我，我仍然彎腰一鞠躬。

「來者何人？是黃帝老頭嗎？吃我一斧！」他一斧頭劈來，我連忙拉著苞苞俠跳開。

「哇哇，他他……」苞苞俠嚇傻了，「他用乳頭當眼睛？用肚臍當嘴巴？妖——妖怪啊！」

「苞苞俠，不得無禮。」我把他定在雲上坐好，走到刑天面前，再度鞠躬。

「我不是黃帝，我是馴字師。」

「馴字師？這裡哪有什麼字要你來馴服？」刑天收回斧頭，大聲問。

「有。」我說：「您的怒氣驅動了口、手、足、目、耳五個部首的字妖在人間作亂。我不得不來。因為最大的字妖在您身上。」

「胡說八道！你應該去收服黃帝才對！」刑天暴跳起來，「他砍了我的腦袋瓜，我要砍進南天門，找他報仇！」

「瞧，您的字妖出現了！」我伸手往前，一掌擊出，準準打中刑天的心窩。

「碰！」

一團黑氣由他的心中蹦出。是怒字妖。

那團黑氣脹得比刑天還大，一腳把他踩在腳底，不斷大吼：

「報仇！報仇！報仇！」

刑天掙扎不出來，痛苦得左右扭動。

「別怕，怒字妖在奴役您的心！」我大聲安慰他，「請忍耐一下，看我來馴服牠！」

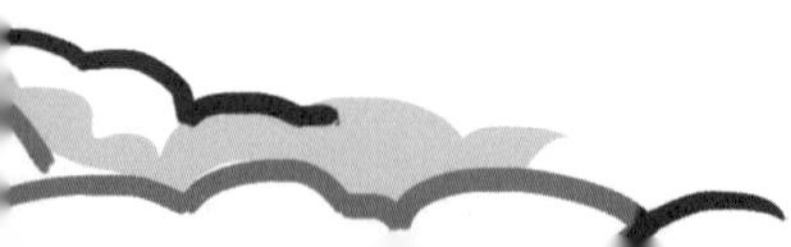

怒字妖朝我擊來，我閃身避開。被我定在雲上的苞苞俠卻躲不開，一下被擊中。

「哎呀！」

苞苞俠的面孔瞬間扭曲起來。

「報仇！報仇！我要報仇！」芭芭俠雙眼發紅，中了邪似的大叫。

還好，他手腳不能動，不然可能會把我看成敵人，狠狠給我一拳。

我左閃右躲，看準怒字妖的下一個動作，一掌如刀，橫橫劈過去。

「天地乾坤，字靈現身——分！」

一聲霹靂！怒字妖大叫一聲，上下分開，變成奴和心。

我掏出懷裡的字瓶，把奴字收了進去。

「喂，看熱鬧的，」我朝南天門外的天神喊一聲，「您身上的玉如意借用一下！」

沒等他們回應，我已吸來一根玉如意，往心字上一安。

如在上，心在下，合成恕字。我合掌一送，把恕字送進刑天的心窩。

「呼——」刑天長長吐出一口氣，緩緩站起身。

盾牌垂了下來，斧頭垂了下來。刑天伸伸腰，全身肌肉都鬆了下來。只見他的肚臍嘴巴輕輕噓了一口氣，悄聲說：「這風——好舒服啊！」

我撥開雲頭，往下一瞧。盼字妖、耿字妖都消失不見了。

耶，刑天的「換心手術」——成功！

6 茶香

我想泡杯茶，壺水燒開，冒出滾滾小泡泡。

苞苞俠的問題比小泡泡還多。

「你怎麼知道要去找刑天？」

「你怎麼知道那些字妖彼此有關係？」

「你怎麼知道馴服了刑天，大眼睛和大耳朵就會消失？」

受不了苞苞俠一直追問，我只好回答他。

「你不覺得那些字妖出現的地點很奇怪？」

「嗯，」苞苞俠數了數，「東、南、西、北、中，各個方位都有。」

「出現的妖怪呢？」

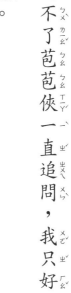

「大嘴巴、大手、大腳，」苞苞俠又開始數，「大眼睛，大耳朵。咦，都是人體器官！」

「對。」我點點頭，「我原先以為牠們是各別出現的字妖，但仔細一想，我猜牠們之間都有關聯。」

「等等，樹上的大嘴巴是呆，男子的大巨手是打，八腳怪是趴，」苞苞俠仔細回想，「那會把人分開來的大眼睛呢？」

我故意瞪大眼睛，把桌上兩只茶杯分開來。

「啊，目加分是盼！是盼字妖。」芭芭俠說：「那會發火的大耳朵呢？」

我正想拉他耳朵，芭芭俠已經想到答案了：「耳加火是耿！是耿字妖。」

「聰明。」我點點頭，「正是盼字妖讓我覺得這幕後的大妖怪其實是『盼望』著有人能理解他。耿字妖則讓我想到他一定是有心事『耿耿於懷』，忘不了！」

「那你怎麼想到是刑天？」

「你還記得刑天的長相嗎？」

「當然！誰忘得了？」苞苞俠說：「沒有腦袋瓜，手腳還亂揮亂蹦的！」

「對！刑天被黃帝砍掉腦袋瓜，沒有眼睛、嘴巴、耳朵，還手拿武器，雙腳亂跺。你想，怒氣大到能催動臉部器官的字妖，心中憤怒又久久不消的，除了刑天還有誰呢？」

苞苞俠點點頭。「刑天的怒氣真的很嚇人！」

「怒氣很可怕，不止息不行。不過，好好運用，怒氣也可能轉變成好的能量喔！」

我把熱水注入茶盞，輕輕攪拌。茶粉泛出點點泡沫，散出陣陣茶香。

我為芭芭俠奉上一杯茶，他聞了聞，小口小口喝下。

「嗯，真好喝！」茶湯裡的陽光雨露，在他臉上芬芳四溢的漾了開來。

倉頡

造字神人，正職是黃帝的史官。天生有四個眼睛，觀察天地萬物，創造出漢字。他還用字的魂魄創造出文字精靈苞苞俠，協助馴字師辦案。

刑天

炎帝的大臣，在炎帝被黃帝打敗之後，憤而出戰。他手拿巨斧到南天門找黃帝決鬥，結果被黃帝用軒轅劍斬去頭顱。刑天怒氣不消、拒絕倒下。他以乳頭當眼睛，肚臍當嘴巴，朝著早已不見的敵人繼續揮舞巨斧，彷彿不死戰神。

馴字師破案筆記

「怒」與「恕」：這次任務的關鍵字！一個「奴」役你的「心」，一個讓你「如心」所願。看來，這世界是會和平還是有戰爭？要看生怒氣的人多，還是懂得寬恕的人多？

苞苞俠不懂筆記

1

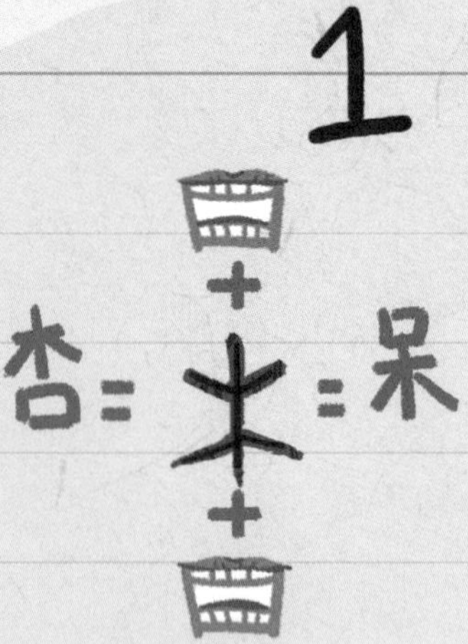

字可以拆開，
再重組，
好好玩。
還有哪些字，
偏旁交換
仍然是字？

2

還好今天
馴字師
有幫打字妖
換個邊，
不然我應該
就被打扁了。
手字邊
還有哪些字呢？

3

兆腳怪跳芭蕾真的好滑稽，足字邊還有哪些字？真想看足字妖變變變！

4

盼字妖很壞，竟然一眼就把我拆解成文字，超丟臉的，氣！這些目字邊的字，是不是都跟眼睛有關呢？

5

耿字妖耳朵超大還會噴火，耳字邊的字，都跟耳朵有關係嗎？

6

苞苞俠＝艸包艸包俠？

天上大雁啾啾啾！地上小鳥吱吱吱！
好晴天！
砍—砍—
咦，什麼鳥在叫？啄木鳥嗎？
不是，我們找找看。
砍—砍—
喝!
啊，在砍樹！
停停！您怎麼可以亂砍樹？
沒辦法，這樹不砍不吉利！
怎麼不吉利？

我家四面都是圍籬，中間一棵樹。
口+木=困。
不砍樹，我的人生會被困住！
砍了樹，圍籬內就只剩下您。
口+人=？
哦，這樹萬萬不能砍！
為什麼？
口+人=囚！
哇！好險好險，多謝先生指點！
叩！
叩！
你聽，這才是啄木鳥。
耶，比砍樹聲好聽多了！